느티나무의 문법

예술가시선 38

느티나무의 문법

초판 1쇄 발행   2024년 9월 20일

지은이   문경재

펴낸이   한영예
편집   박광진
펴낸곳   예술가
출판등록   제2014-000085호
주소   서울 송파구 문정로13길 15-17, 201호
전화   010-3268-3327
팩스   033-345-9936
전자우편   kuenstler1@naver.com
인쇄   아람문화

ISBN   979-11-87081-34-0 03810

예술가 시선
38

느티나무의 문법

문경재 시집

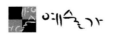

예술가

시인의 말

생을 다 담기에 시는 너무 광활하고
시를 다 담기에 생은 너무 협소하다

어느 날 나는 정원에 불꽃을 심기로 했다
한 그루 한 그루 늘어갔다

불꽃이 아니었으면
시도 생도 쓸쓸했을 것이다

목차

2부

3부

1부

느티나무의 문법

느티나무에서

일월, 생략된다 바람만이 주인이다

이월, 겨우내 첨삭당한 절구節句들이 발밑에서 붐빈다

물기 없는 목소리로 뚝뚝 부러진다

삼월, 멀리서 막 도착한 동사들이 짐을 푼다

사월, 초대장도 없이 꽃샘추위가 다녀간다

껴입었던 비유를 한 겹 벗는다

오월, 이루 셀 수 없는 어휘들이 주어 안에 숨는다

유월, 표정이 만 가지나 되는 술어 위를

벌레들이 기어 다닌다

칠월, 가지를 쭉쭉 뻗던 목적어도

이제 막 임계점에 도달했다

팔월, 은유가 초록으로 깊어지고

구월, 부사는 그늘 뒤로 옮겨 앉는다

시월, 문장력이 절정을 이룬다

비문은 스스로 도드라진다

십일월, 수북이 쌓인 마침표

십이월, 서사가 서정 쪽으로 기운다
주관과 객관이 함께 저문다.

글이 서툴고 생각이 짧은 내가
그를 베껴 쓰기 시작한다

하루가 시 한 편

산개구리가
밤새 서로를 베끼며 울었습니다
이사 첫날 잠들 수 없었습니다

상종가를 치던 겨울이 바닥을 드러내는 데는
채 한 계절이 걸리지 않았습니다
동물의 밤이 눈을 파랗게 치뜨고 있었습니다

산새울음에 잠이 깨곤 했습니다
진담으로 후끈해지는 흙에 발을 묻고
옆집 텃밭의 고추 상추는
어제보다 부쩍 대가 솟았습니다

밤꽃 향기가 세상을 하나로 묶어주는 나날들
골목길을 내려가 버스를 타고나서도
밤꽃 세상은 따라왔습니다
넓은 땅을 놔두고 개미가 세를 드는 작은 방에
무당벌레도 가끔 날아들었습니다

14

빌딩과 자동차가 녹슬어가는 걸
바위에 앉아 내려다보는 동안
보자기 같은 것으로 덮어둔

바람 불면 젖혀질 평화를 농담처럼 봉인해 놓고
나 홀로 고고한
오늘의 시 한 편이 저물었습니다

새들의 모국어

이상도 하지
사흘을 렌트한 남가주의 민박집
그저 그런 탠저린오렌지가 열리고
정원 밖으로 끝없는 갈대밭이 내달리는 곳
이른 아침 겹창문을 열자 새소리가 쏟아져 들어온다

이상도 하지
대모산 기슭에서 매일 듣던 그 소리
새들이 여기까지 따라왔나
나는 내 귀를 의심한다
대모산을 녹음해 틀어놓았나

그 참새도 이 참새
그 박동새도 이 박동새
그 개똥쥐바퀴도 이 개똥쥐바퀴

새들이 그들의 에스페란토어로
일제히 목청을 높이는 동안
고국에서는 지하철 노선이 연장 개통되고
새 빌딩이 또 들어섰으려나

이상도 하지
새들의 모국어
오지의 사투리도 서로 다 알아듣는
세계시민권자들

내력

나는 악보를 볼 줄 모른다 검은 보자기를 들추면 콩나물
대가리만 시루 속에 **빽빽했다** 그저 냇가에 가서 피라미
붕어 잡으며 놀 줄만 알았었다 달랑 한 장 남은 초등학교
졸업사진 백팔십 명 중 한 점이었다

콘크리트 못과 망치가 앞에 놓여 있다 못을 꼭 잡은 펜치
를 왼손으로 부드럽게 감아쥐고 오른손을 들어 내리친다
못과 벽이 이루는 직각 리드미컬한 박자를 벗어나면 못의
정서가 울컥한다

굽은 시간을 절그럭거리며 도시가 저물자 작은별˚이 떠
오른다

내가 통기타를 반년 남짓 들고 다니다 만 것이나 아들이
피아노를 배우다 반년 문턱을 넘기지 못한 내력에는 숲이
우거졌다 구름연주 대신 딱따구리 울음이 가득 떨어진 낙
엽 더미만 깊어가는데

18

박자의 가시덤불 음정의 칡넝쿨을 걷어 봐도 무엇보다 아
무 데서나 툭 길을 끊는 감정의 벼랑

* 작은별가족 : 부모와 6남 1녀 자녀로 구성된 밴드 그룹. 1976년
데뷔하여 1985년까지 활동

진달래

참대오리 두 개를 종이로 감고 비틀어 꼬아서 다홍색 보라색 노랑색의 꽃종이를 꿰어만든 어사화는 접시꽃이 모델이었다 과거에 급제하면 나는 진달래꽃으로 어사화를 꾸며달라 하겠다 관에 꽂은 어사화를 이도령이 춘향에게 안겨주었는지 모르겠지만 나는 진달래꽃 어사화를 네 두 손에 건네주고 싶다

대모산이나 청량산 초입부터 정상까지 무리 지어 춘향이들이 피어있다 이도령들은 어디선가 달려오고 있을 것이다

완판 「열녀 춘향 수절가」를 다시 읽던 지난겨울 춘향이 방 화초장에 무더기무더기 핀 꽃이 진달래였다고 나는 굳게 믿고 있다

테렐지 구름

그해 여름 테렐지는 초원보다 하늘이었다
하늘보다 구름이었다
바람에 날리는 나날의 구름을
둘둘 말아 캐리어에 가득 담아왔다
선택의 여지가 없었다

고액의 통관세를 내려했으나
수입제한 품목에는 없는 아이템이라고 했다
누구도 알아주지 않는 구름의 완제품

주루룩 펼치면 푸른 하늘에
군데군데 구름이 뜬다
뭉게구름 싸리구름 양떼구름
혼자 보기 아까워
여기 구름이 있어요, 알려줘도
사람들은 땅만 보고 지나다녔다

구름을 가지지 않은 이들이여
하늘을 보지 않는 이들이여
하늘이 없는 줄 아는 이들이여

미안하지만 나는 자주 구름에 거주하는
특권층이올시다
눈만 감으면 매번 다른 구름에
흐드러지게 묻혀 삽니다

뮤지컬

앞서가던 여자사람이 휴대폰으로 사진을 찍는다
(요즘은 여자사람 남자사람이라는 용어가 유행이던데)

무엇을 찍었는지 나는 그곳으로 가는 남자사람이 되어본다
(여자사람의 각도에서 사진을 찍었는데)

딱히 시선을 잡는 풍경은 보이지 않았지만
(숲이 나무만으로 이루어졌다는 것은 뜬소문)

줌인하면 '궁마을까지 500m' 이정표도 있고
(청단풍 이팝나무에 물이 흐르지 않는 개울도 있고 뿌리 깊
은 바위가 있는 대모산 초입은 날마다 나의 산책코스인데)

4월의 서사에는 아직 싹을 틔우지 않은 나무도 있었다
(분명 고사목은 아니었는데)

침묵도 중요한 배역이어서 숨을 참던 출연진들이 한순간
움직이기 시작했다
(뮤지컬이 시작되는 찰나를 여자사람이 찍고 있었던 것)

장미의 외출

전시회에 간다고 하니 꽃집 주인이 선심 쓰듯
장미 다발에 금빛 스프레이를 뿌려준다
붉은 꽃잎에 금방울이 송글송글 맺힌다
굴러떨어지지도 않는다

색조 화장 마지막 단계에서 볼 터치를 하던
영화 속 배우처럼
금방울이 장미 더미에서 알알이 빛난다
장미는 다른 차원으로 넘어가는 것 같았는데

마리아 칼라스의 높은 음색을 돋보이게 하려고
바이올린이 잠시 멈춰 서는 것과 다른 의미에서
장미는 가시의 시간을 가질 것이다

장미만으로 장미가 되지 못한 장미는
너무 아름다워서 죄가 되었노라던
옛 비유를 내려놓으며
전시장으로 들어선다

4월의 화가

겨울이 산등성이를 넘어갔다 싶을 때면 잊지 않고 찾아와
서 집 앞동산에 하나둘 채색을 해나가는 그의 손놀림이
바쁘다

밥이나 제때 먹는지 몰라 터치가 매일 달라지는데 코피나
안 쏟나 몰라, 4월

그 작업을 지켜보느라 정작 내가 끼니때를 놓치기도 한다
는 사실을

기억이나 하는지 몰라 어느 날 내 스케치북 한 장을 찢어
내 크레파스로 수북수북 그려준 다알리아를, 학교에 가져
가 뽐냈던 열한 살배기 담 아랫집 아이를

선배님, 올해도 소리 없이 다녀가셨군요

몇십 년이 흘러도 지지 않는 다알리아를 또 불러오다가
문득

포털에서 선배 이름을 검색해 보았다 나보다 예닐곱 많
던, 고교 시절 독일에서 입상했었다는 풍문의 문재권
화백

딱정벌레

딱정벌레 한 마리가 발코니 물통에서 허우적거린다
이놈 너도 피서 왔구나
방울토마토의 향기와
여린 상추를 용케 찾아냈어

그러나 망중한치고는 너무 사력을 다하는 것 같아
다시금 물통을 들여다본다
다리가 몇 개인지 세지 못할 정도로
아우성이 인다

이러다 나 죽을지 모른다고!

두 손으로 삶을 떠서 상추 위에 가만히 따랐다
한숨 돌려 식사나 마저 하라고

딱정벌레는 뒤도 안 돌아보고 날아오른다
똥줄이 탔는지
꽁지가 더 새까매져서

숲에는 무엇이 산다

히말라야를 오르던 다섯 명의 한국인과
네팔인 가이드 네 명이 모두 숨졌다
캠프에서 일 킬로미터 떨어진 곳에서 시신이 발견되었다
고 한다

등산로 건너에는 홀로 가는 자를 노리는 무엇이 있는 것
만 같다
까치가 날아오면서 도움을 청하거나
까마귀 떼들이 머리 위를 돌며 위험을 알릴 때도 있다
어두워지면 무엇이 숲으로 더 깊이 들어가는지
흔들리는 나뭇잎 소리가 점차 멀어져 간다
그래서 사람들은 어두워지기 전에 하산하는 걸까

집으로 돌아와 창문을 열면 숲에서
잦아드는 새소리
중간중간 외마디 허공 찢는 소리

새벽이면 새들이 갑자기 부산해진다
아직 잠이 덜 깬 걸쇠를 푼다
두려워하면서도 이끌리는 무엇에게로 가기 위해

비매품

테렐지에는
산국화
상록패랭이
에델바이스

원시 유목시대 암각화와
기묘한 형상의 바위들

내가 헤엄치던 허텅 노르*의 맑은 물
공중으로 던지면 구운 양고기를
낚아채던 독수리

자기 집으로 데려가듯
이방인을 등에 태워 걷던 말

양들이 떼를 지어 풀을 뜯던 초원을 지나
반나절 거리에서 바라본 타완벅드

길을 잃었는지
무리에서 떨어졌는지
블랙야크 한 마리가 홀로 걸어가는
먼 풍경

돈으로 살 수 있는 것이 없었다

* '허턴 호수'의 몽골말

가위바위보

남산의 높디높은 계단 초입
동생과 내가 가위바위보를 하고 있었다
이기면 한 계단씩 오르기

동생의 수가 빤히 보였다
엎치락뒤치락
동생이 지레 포기할까 부러 져 주기도 하면서
나는 끝내 이겨야만 했을까

시는 한 번도 부러 져 주지 않는다
따돌리고 달아나고 약 올리기까지 한다
포기할까 겁도 내지 않는다

시야!
수가 빤히 읽히는 줄 나도 알고 있거든
그래도 언젠가는 계단 끝까지 오르고야 말 거야!
그럼 거기서 봐!

나는 큰소리를 쳐본다

끝이 보이지 않는 계단을 올려다보면서
이를 앙다물던 동생처럼

유수지가 있는 풍경

다리 쭉 뻗고 등받이에 기대앉으면
베란다 창이 숲을 자동기술하던 곳

내가 자주 소품으로 쓰던 까치, 박새
카메오로 출연하는 철새가
탁 트인 허공에 그려 넣던 시베리안 루트

사철 붉은 단풍나무와
오뉴월 이팝나무
조금 멀리 배롱나무

동네 아이들이 야구공을 주고받고 번트 연습도 하던
텅 빈 유수지에서
오늘도 고양이가 한가로이 낮잠을 잔다

창문을 열면 들려오는 새들의 합창
귀에 익은 바람소리 빗소리

이사 며칠 앞두고
벌써 과거형으로 전환되는

일상이 차곡차곡 접혀
모서리부터 녹스는 자리

겨울나고 돌아온 뻐꾸기 울음소리를
못 듣게 된

이 자리

이미지를 삽니다

대형마트에 가장 먼저 입고되는 봄을 사려고
주말이 붐빈다
주차대기 차량은 강 하구를 지나는 물줄기처럼
족히 삼십 분 분량의 햇볕을 쬐고 있다

지난겨울 구입 목록에 메모해 둔
금강제비꽃 향기
아직 깨어나지 않은
산개구리 울음소리도 몇 캔

천장 스피커에서 하강해
통화에 끼어드는 비발디의 사계
쓰다만 글의 다음 문장을
쇼핑카트에 담는다

자전거를 탄 아이가
봄의 속도로 빠르게 지나가는 것을 내다보다
박수 치며 떠나보낼 봄을 위해
수입산 생땅콩처럼 사각 처리된
진공포장 비바람을 두 개 더 추가한다

황사 코너를 지난다
몽골산과 중국산 중 어느 게 더 인기 있는지는 잘 모르겠고
구색을 맞춰 보려 해도
쇼핑카트엔 더 담을 데가 없다

우연을 전세 내다

몇백 번은 올랐을 청량산 정상에서
무리 진 적송 그늘만 몇백 번을 쪼이다
후미진 곳
왕벚꽃 나무를 처음 본 날

입구부터 따라오던
까치도 사라지고

갑자기 쏟아지는 폭우에
산길을 헤맸다
흠뻑 젖은 뒤
절뚝거리던 정신이 제 걸음을 찾는데

이끼 낀 바위에 미끄러져 긁힌 이마보다
뜬금없이 손에 잡혀 뜯긴 잎사귀가
더 시리고 따가웠을까

바람의 통로
금방 알에서 깨어난 듯 새끼 거미들이
나선형 거미줄을 따라 흩어진다
투명한 빗방울이 절반
검은깨 같은 거미들이 절반

우연을 전세 낸 오후였다

박새에 대한 은유

난시일까 난청일까
무시로 나타나던 박새는
보이지 않고
아무 소리도 들려주지 않는다

절대음감을 가진 사람은
오케스트라의 음을 가닥가닥 만질 수 있다는데

박새여,
너의 메조소프라노를 들려주렴
나뭇가지마다 절벽을 거느리고
캄캄하게 떨어지는 건
나의 시선뿐

낙과처럼 웅크린 채
화살나무 붉은 잎이 흔들리는 걸 본다

그 흔하디 흔한 부재로 자기를 증명하는
박새는 말하자면
그토록 소란하기 그지없는
그토록 고적하기 그지없는
내게서 너까지의 거리

2부

벤치의 불문율

낙엽 수북이 쌓여도
아직 가을이 아니다

지난가을에 떠나
언제 돌아올지 모르는 사람들은
아직도 먼 곳에 있다

나는 슬프지 않을 때만 스쳐 지나가지만
홀로 앉아있는 사람은
두고 온 사람이 벌써 그립다는 듯
깊이 머리를 수그리고 있다

재고품에 쌓인 먼지처럼
아무나 앉을 수 있지만
아무도 그 일부가 되지는 못한다

슬퍼도 지나가는 돌개바람처럼
어디에나 있어도
아무 데나 있는 것은 아닌

외딴 벤치

통점

리틀마리 꽃잎이 툭 떨어진다
둥글게 마모된 밤의 가장자리가
꽃그늘에 밟힌다

잠시 나타났다 사라지는 새벽별이
허리에 두른 띠를 흘리고 간다
나는 자주 결박당한다

종종 잠결로 걸어 들어오는
물에 젖은 맨발은
발자국 하나 남기지 않고
내 안에서 종적을 감춘다

폐를 앓던 친구가
오포산 기슭에서
나의 흙을 한 삽 덮었다
누가 먼저 흙을 받을까
우리는 농담으로 멀리까지 갔다 왔었다

정신이 하혈을 시작하자
동이 튼다
모든 허기가 모여 해를 밀어 올린다

화살나무 울타리

백 년만의 폭우라 했다. 서울에만 하루에 300mm가 쏟아졌다.
2011년 7월 26일 우면산이 휩쓸려 내려와 주택과 도로를 덮쳤다.
반면교사 삼아 강남구는 2016년 대모산 밑에 수서유수지를 완공하였다.

오후 3시가 길게 하품을 한다

들고양이가 등의 능선을 접고 배를 드러낸다

화살나무 울타리만 햇살과 맞선다

티베트에서 보내온 소포처럼

어제 친구가 당도했다

티베트풍의 여행자보험이

긴 꼬리를 끌고 와 자동소멸했다

한 손에서 부러지는 긴장

한 손에서 불발되는 상상

양성종양이라는 판정에

알 수 없는 서운함이 맘 구석에 잠시 고이듯

오지 말아야 할 것을 기다릴 때가 있다

출항이 유예된 함선처럼
텅 빈 채 낡아가는 갑판처럼

검은 물고기들이 빠져나가는 늑골 사이로
배수구를 잃고
물의 감정*이 들어찼다
허공이 아니라고 말할 수 없었다

* 송승언의 시 제목

봄과 침대

창밖에서 안을 기웃거리는 기미가 있다
커튼은 좀체 부동자세를 풀지 않는다

어둠이 겨우내 책을 읽어주었다
남은 페이지를 뒤적거리며
나는 다음 문장을 재촉했다
추위가 더욱 옷을 껴입었다

반가운 이들은 조만간 오지 않을 것이다
덤블링하고 싶은 아이들은
햇살을 모으러 갔다

벽지의 꽃을 꺾어 화병에 꽂았으나
깨어나 보면 꽃은 도망가고 없었다

태어난 적 없는 음률이 방안을 휘돈다
변하지 않은 것은 너와 나뿐

매일 우리는 상호불평등조약을 맺기로 하자
없는 듯 너는
책상처럼 무거운 나를 받아주느라
밤을 새워야 하느니

생의 이면

그림자를 길게 끌던 호접란에
꽃잎 네 장이 남았다
매일 아침 분무기로 물을 뿌려보지만
물의 문제가 아니라고 가구들이 눈을 내리깐다

'축 결혼기념일'
기념일은 왜
몇 달도 안 돼 늘 시드는 걸까
빈 화분만 기념으로 첩첩 쌓이고

배달되어 온 취나물을 한 움큼 씹으면
세상은 처음부터 그늘져 있었던가 싶은데
방태산 하늘바람이 쌉쌀한 건지
구름 씹는 맛이 되살아난다

달리 보낼 데 없어 붙잡아두었던 어떤 날들이
저들끼리 둘러앉아 있다
가구들이 아주 서서히 시들어가면서도

전등 불빛에 귀퉁이를 반짝이듯이
물기를 건네는 봄밤에 둘러싸인 날들
누구도 시드는 속도에 관여하지 못한다

한 송이의 불꽃으로 태어나
꺼져가는 호접란에 불을 붙이고
어떤 날들이 불현듯 타오르기 시작할 때
어떤 날들에 관여하는 게 무엇인지
이십 년쯤 살아본 가구들은
알고 있는 게 분명하다
입 꾹 다문 채 한 번도 발설하지 않은

불꽃에 관한

날개 없는 관객 하나

상고머리를 돌리며 농악대가 판을 벌였다
꽹과리와 장고를 묶음에 놓고
셔터를 열어놓고 찍은 별자리 사진처럼
수십 겹의 원무가 펼쳐진다
자정이 다 된 허공이 붐빈다

초승달이 가로등을 밟고 지나갈 때
곁에 있는 단풍잎이 반짝인다
수건을 꺼내 땀을 닦을 기미가 없어
이파리들이 대신 땀을 흘린다는 듯

나방과 하루살이가 교대 출연하는지
바통은 어떻게 주고받는지
알 수는 없는

날개 없는 관객 하나 창가에 서 있다
흐벅지게 한 번 놀아보지도 못한 생
산야를 뒤덮던 눈발처럼
춤에 지쳐 한 번 쓰러져보지도 못한 채

잠이 오지 않는 밤
모처럼 벽시계를 흘끔거리지 않는 시간도
묵음으로 흘러가고 있었다

슬픔의 깊이

장미축제가 한창인 공원에서 아이들이 뛰어논다
그저 내달리고 깡총깡총 뛰면서
장미를 못 본 듯 있는 줄도 모르는 듯
부모가 데려다가 사진을 찍으려면 달아나고
손에 잡히고서야 찰나적으로 렌즈에 붙들린다

계절마다 피고 지는 들꽃을 찾아
영월 동강을
제천 덕동계곡을
송광사 불일암을 걷는 친구의 블로그에는
들꽃이 피고 졌다

4남 2녀 중 둘째
줄줄이 동생들을 두고 니 학교를 어떻게 하겠느냐
부탁인지 설득인지 알 수 없는 아버지의 말을 되뇌며
저무는 뒷마당 장독대에 걸터앉아
봉숭아꽃을 하염없이 바라보던
누이의 뒷모습

아직 꽃을 모르는
아이들은 자라 어른이 된다
꽃을 안다는 것은 슬픔의 깊이를 안다는 것
동강할미꽃 애기송이풀
바람에 후두둑 떨어지는 남도 동백꽃
친구의 블로그에는 슬픔이 지천으로 피고 졌다

야성

어릴 적 탐진강가에서
검지 중지는 칫솔
모래는 치약
강물에 헹궈 낸 입안에는
사금 조각이 반짝였지

튜브 속 입자 하나 없는 치약을
맨손에 찍어 바를 수 없어서
이빨은 야성을 잃어갔다

강을 잃고 이빨을 잃고
검지 중지는 그저
컵에 꽂힌 칫솔에
헛물처럼 다가가고

산이 들려주지 않는 이야기

땅을 꼭, 꼭, 짚은 스틱이
신중해질수록
길이 가팔라지고
계곡이 깊어갈수록 스틱은 숨이 찼다
어느 구비 어느 대목에서 심박동이 불규칙해질 때
헤르츠hz인지 사이클 퍼크c/s인지
정적인지 소음인지
너는 무슨 말인가를 한 듯도 싶다

정상에 도착했지만 다시 너는 딴청을 피운다
스틱을 꽂으면 나무가 될 수 있을까
나의 질문은 일관되게
몇 해째 계속되고

바위틈에 돋아난 개망초가
무슨 말을 할 것처럼 고개를 쳐든다
올해 첫 매미는 첼로의 G음을 오래 긋고 있다

가벼움 뒤에 가벼움이 오지 않고
따뜻함 뒤에 따뜻함은 오지 않았다

두 번째 쓰러진 어머니가 다시 일어서지 못하듯
스틱에 싹이 틀 수 없다는 건지

맞바람을 맞으며 벼랑에 서보지만
너는 대답이 없다
들려주지 않았는지
알아듣지 못했는지

우리는 주파수도 사이클도
맞지 않았던 건지

까마귀

아직도 겨울이 남아있는 산길을
떠밀려온 삼월이 지나간다

스치는 옆모습을 본다는 건 아직 할 말이 남아있다는 것
켜켜이 쌓인 낙엽에 발이 더 푹푹 빠져야 한다는 것

상심의 이불을 덮어쓴 너는
수없이 긴 밤을 뒤척였겠지만
잠 못 드는 순간조차
비는 그치지 않고

바람의 암호는 바뀌었다
너만 모르고 옛 번호를 눌러대는데
그의 배터리는 뜨겁기만 하다

텅 빈 하늘을
까마귀 한 마리 날아간다
그 길을 돌아 나오는 동안
사람이 못한 말을 대신 다 하고야 마는 까마귀

어둠의 끝을 아는지 모르는지
오래 묵은 말들도 나뭇가지마다 맺힌다

나는 삼월처럼
떠밀려 지나갈 사람 혹은
낙엽 더미 후끈한 온기 속에서
싹 틔울 사람 혹은
까마귀

공중부양

나를 불러낸 것은 억새였다
한 계단
한 계단
바람의 부축을 받았다
한 걸음 다가가면 억새는
두 걸음 다가왔다

은행알이 내 머리를 툭 치며
장난을 걸어온다
청설모가 솔방울 하나를 들고
먹을까 갖다 감출까 망설인다
초면입니다만 하며 까치가 고개를 까닥인다

트레일러를 운전하며
고속도로를 달리던 어느 밤 꿈에서처럼
눈썹차양을 하니
파미르고원이 보이고

멀리 톈산산맥이 펼쳐진다
목청이 트여
우주적인 목소리를 낼 수도 있겠는데

듬성한 구름이 바삐 남쪽으로 내닫고 있을 뿐
내 그림자는 자꾸 길어지다가
구름을 밟고
하늘사다리를 올라선다

가끔
장엄한 날도 있는 것이다

외과 병동에서

수술실 입구에는
흔들리는 링거를 힘없이 바라보는 환자보다
곁에 선 가족이 더 환자 같다
문이 열릴 때마다 두런거리던 말들이
메스를 댄 듯 뚝 끊긴다

드라마가 따로 없다
현실을 너무 잘 복제해
환자나 가족은 연기 중인 배우 같기도 하다

누가 주인공인지 알 수 없는

저들은 깊은 잠에서 깨어날 수 있을까
물음표를 안고
각자의 방을 찾아 바퀴를 굴리는 환자들도
주스 세트를 들고

병실을 흘끔거리는 저 면회객도
어디서 많이 본 장면이 된다

남아있는 이들에게
마들렌을 돌리는 사람이 있고
등 돌리고 흐느끼며 짐을 싸는 사람도 있다

시시각각
세계는 미지다

명화

열두세 살 무렵
천석꾼 제당에서 처음 보았다
내 키보다 조금 더 큰 꽃나무
지지 않을 것처럼
오래 피어 있었지만
이름도
홍자색이 뭔지도 몰랐던
그 환한 언저리
가까이 가지 못하고
멀리서만 바라보았다

아, 이게 배롱나무였어?
새로 입주한 아파트 꽃나무 몇 그루에
팻말이 붙어 있다

아, 이게 배롱나무였어!
단단하면서도 매끈한
다듬잇방망이에
살 오르고 잎 돋은 듯

사색적이지만 회의적이지는 않다
비틀며 줄기에 더딘 속도를 밀고 나가는
빈한한 집안에서 올곧게 자란 소년들이
활짝 피어 있었다

플랫폼에서

나무의 절반은 살아 잎을 피워냈는데
죽은 쪽 둥치에 손바닥만 한 버섯이 서너 송이

공생으로 치면
나무가 살뜰히 곁을 내준 거고
기생으로 치면 버섯이 버젓이
나무 곁을 파고든 것

'이리 들어가시오'
나무를 열고 들어선다
기차는 차갑고 어두운 빛을 띤 채
내가 타기만을 기다리고 있었는지

플랫폼에는
우동사리에 뜨거운 육수를 부어주는 매점도
양손에 보따리를 들고 서둘러 탑승하는
승객도 없었다

언제 출발할지 목적지가 어디인지 물어볼
승무원도 없고
나무를 열고 다시 나가려 해도
'이리 나가시오'
출입구가 보이지 않는다

꿈인가 싶은데
꿈속의 꿈처럼
나는 점점 나로부터 멀어지고
오차범위 밖으로 밀려나고

기차가 레일 위를 미끄러지듯 달리면
비상구 없는 절망이 함께 실려 가고
스치는 풍경도
무심할 것이다

나는 실종될 것이다

의자에 관한 진부한 가설

나만의 의자는 없다

위아래 고른 치아처럼 마주 보다 누가 삐뚜름히 앉으면
덧니처럼 어긋나는 지하철 의자

언제 올지 몰랐던 시골 할아버지 댁 버스 정류장엔
팻말도 앉아 기다릴 의자도 없고
먼 데서 흙먼지는 하루 네댓 번만 달려왔다
차장이 손잡아 당겨 올리면
휘발유 냄새 낡은 비닐 시트
앞 좌석 뒤통수의 활명수 광고나 읽어보던

나는 자라
꾸역꾸역 사람이 짐짝 같던
그 옛날 명일동 서울승합 아침버스에서
한쪽 발이 공중에 들린 채 실려 가기도 했고

등받이를 젖혀 다리를 쭉 뻗고
깊은 잠에 들었을
일등석 승객들
선잠에서 깨어 굳어버린 무릎을 매만지는
뉴욕행 이코노미석

하지만 나만의 의자는 있다

목 지지대 하나는 비즈니스석인
허름한 방석이 깔린 사무실 회전의자

두 시간이고 세 시간이고 책을 읽고
모니터를 들여다보는 내 방에도
6인용을 이제는 2인만 사용하는 식탁에도

의자들

거실 한구석 안마의자
장소를 옮겨가며 펼쳐 앉는
접이식 의자

있으면서도 없고 없으면서도 있는
먼지 쌓인 가설을
꼭 짠 물걸레로 닦아본다

혼자 웃는 웃음

웃자 하면 웃어지나
울자 해도 울어지지 않는 것처럼

반나절이 지나도
오후가 다 가도 웃을 일이 없다

몸에 좋다는 그 웃음이
어느덧 날이 저물고 밤이 이슥해도
찾아오지 않는다

거울을 본다
손끝으로 입꼬리를 올리기만 해도
뇌는 속아준다는데
면역력을 높이고 호르몬도 분비시켜 준다는데
어수룩한 건지 영악한 건지

74

이런저런 입 모양을 만들어보다
"하늘에서 별이 쏟아져 내려와요"
'와요'에서 목소리를 꺾느라 입을 더욱 비트는
맹구*가 떠올라
갑자기 웃음이 터진다

자지러지는 관객
시침 떼고 남을 웃기는 개그맨의 뇌도
자지러질까

하하하하
하하하
하하 흐으흐

* KBS 개그프로 「봉숭아 학당」의 이창훈 캐릭터

유목민의 거리

낙엽과 지폐가 함께 날리는 거리에는
황홀한 폐광이 자란다
균형 잡힌 부조리
지속 가능한 절망
이력서 빈칸은 꽉꽉 채워졌으나
지상에는 뜻을 두지 않았다 빌딩은
묶인 발목이 간지러웠다
청춘들은 서로 눈을 들여다보며
잊었던 자신을 찾지만
연애는 목록만 남고
내일은 어제에 잠식당했다

잠 못 드는 싱크홀을 몇 개나 갖고
깊어지는 눈들
심연에 닿는 계단 같은 건
애초에 없었는지도 모르는데

유목민들이 시베리아 남쪽을 떠나
양떼를 몰고 충무로에 도착하는 저녁
야시장에는
쓸모없어진 물품들이 쌓이고
지하철 노선이 종착역을 향해 홀로 달려가듯
사람들은 하나둘
순록의 체취를 풍기며
유목민 아닌 자 없는 무리를 따라
꾸역꾸역 지하철에 몸을 싣는다

3부

문지방

심장병을 앓는 사촌누이가 무덤에 흙을 한 삽 부었다. 사십 줄에 뇌졸중을 앓는 사촌동생의 눈물이 성글고 더뎠다. 족보와 가문을 중히 여기던 작은아버지. 수만 번 넘어다니던 문지방에서 단 한 번 넘어져 몇 달 만에 세상을 뜨셨다. 족보와 가문이 흙을 앓았다.

참기름 먹인 듯 반지르르했던 문지방이다. 사십 년을 닳고 닳아 입에 침 안 바르고 거짓말을 해도 참말로 들리던 문지방이다. 작은아버지가 쓰다듬을 때 끄덕끄덕 졸던 문지방이다. 이젠 골마다 입술이 터서 울어도 시원찮은 문지방이다.

어머니의 자서전

큰 아그야 잘 지내느냐?
어둠 속에서 어머니의 음성이 들립니다
십여 년 전 가신 후에
가끔 찾아오십니다

일흔여섯 해가
한 페이지씩 넘어갑니다

동생들 하나하나에 전화를 걸어봅니다
일찍이 세상을 뜬 셋째에게도
소식을 묻습니다
나쁜 소식은 내 몫이고
좋은 소식은 어머니 몫입니다

레이크 타호Lake Tahoe 빈 배마다
달빛이 만선이던 밤
여권도
비자도 없이 찾아와
제 곁에 머무르신 것처럼
비행기 타기 무섭다 마시고

낡은 옷을 더는 아끼지 마세요
아직도 보풀 이는 중년을 입고 계시는
어머니
두 번째 자서전을 쓰셔야죠

덤의 방정식

도장을 찍었다
매매계약서는 잠시 생기를 띠다
덤덤해지고
읍내 박 씨가 새 주인이 되었다

이산가족처럼
사물이 흩어지는 방식
장롱은 웃돈에 얹혀 버려졌다

겹동백 한 그루
유자나무 한 그루
감나무 네 그루
그 그늘까지

밤새 이어지던 아버지의 기침
정한수 앞 어머니의 손바닥 부비던
그 소리까지

육 남매가 드나들던 문턱
마루에서 내다보던 한들 너머 앞산 며느리바위 전설
그 아래 키 큰 소나무도
덤으로 넘겨졌다.

몇 푼씩을 나눠 갖고 우리는 헤어졌다
어쩔 수 없는 일이었다고 누군가 한마디 했지만
조상의 얼굴까지는 떠오르지 않았다

고향에서 우리는 덤이 되었다

환원론還元論

어머니가 장에 갔다 오시면 장바구니에는 밭곡식 한 되 양은냄비 하나 빨랫비누 다섯 개 가끔은 사과 서너 개 그때 우리는 육 남매 유학차 읍내 우리집에 머물던 세 살 위 삼촌까지 아홉 식구 일곱 개의 배고픈 입들이 나눗셈을 하였다 답이 딱 떨어지지 않고 침이 고였다 어머니는 사과를 여러 조각내어 똑같은 개수로 나누어주셨다 급류에 신발 떠내려가듯 어떻게 그리 빠른 계산을 하셨을까

나른한 오후 소파 한켠에서 졸고 있는 아내 식탁 위 접시에는 각색 과일이 담겨 있다 사과가 셋 배가 둘 귤 일곱 키위 서너 개 하릴없이 나눗셈을 하고 분수식을 세워보는 배부른 입 하나 풀고 말고 할 문제가 없다 그러나 두 개가 아니라 아홉 개의 입이라면? 복잡해지는 과일접시를 들고 나는 어머니께로 건너가려고 무심코 일어서다 주저앉는다

고향에도 병원에도 매일 찾아뵙던 요양원에도 이제는 안
계시는 어머니를 경유하는 버릇을 어머니는 마뜩해하지
않으신다 시선을 마주치지 못한 지 십 년째다

친구가 된다는 것의 어려움에 대하여

이것은 오직 깐깐한 성격 하나로 자신을 요양병원에
유폐시킨 한 사내에 관한 이야기다

기인도 예인도 산인散人도 아닌 그는
술과 여자, 폭력과도 거리가 멀었다, 다만

경제력도 없으면서 이를테면
진공청소기를 왜 샀느냐고 따지기를
이혼에 이를 때까지 멈추지 않았다

국가가 병원비의 90%를 책임지는 기초생활수급자
아들과 딸도 떠나버려 천애고아가 될 때까지
자신을 밀어붙인 사내

석 달 만에 찾아와 생필품을 채워 넣는다
병실 공동간병인이 그동안 제 양말을 빌려줬노라고
생색을 낸다

반신마비 삼 년 차
뜬금없이 내일 어디 가기로 했다, 과거와
조금만 더 있다 가라, 현재를
들락날락하는 정신
나는 절반을 흘려듣는다
생을 관통하던 '모름지기 남자란!' 신화가 지체되고 있다
미래는 닫혀 있다

네가 어릴 때
너의 친구가 되어 주었잖아,
막내삼촌의 쓸쓸한 눈빛을 외면하고
병실을 나선다
가족에겐 왜 그러셨어요,
이번에도 물어보지 못한 채

새집

호젓한 산등성이 참나무 높은 지경
첫 가지를 걸친 산 까치
고 작은 머리에 좌우로 꽉 차게 설계도가 펼쳐졌다

겹겹이 지붕을 얹고
바람은 술술 지나가게
비는 줄줄 들이치지 못하게 외장재를 바르고
통풍과 보온이 잘 되게 꼭꼭 틈을 메우자
고 작은 이마에 땀방울이 맺힌다

얼기설기 바닥을 고르면
이미 배관과 배선이, 배수가 끝이 났다는 거다

안벽을 세우고
단칸방이지만 기능적으로, 최대한 미적으로
침실과 거실은 미세하게 구분하고
몰딩과 내장재로 마감한다

고생했으니 새참으로
그대는 머루 이 몸은 다래

옆구리 은폐형 출입문에
자물쇠도 달았다

가을걷이가 끝났다
내 신혼집이 그랬다

과거는 미래지향적이다

자주 되돌려보는 스토리엔
비가 죽죽 내려도
인생은 플롯이다,
나는 자주 주장해 왔다

더러 필름이 끊기고
아물아물 멀어져 간 곳도 있는
내가 찍은 단 한 편의 영화

넘어지고 다치는 현재는 그러나
미래로 이월되지 않고 과거에 누적된다

앞으로도 뒤로도 달리는 기차가
결과나 전조를 귀띔해주지는 않듯

새벽에 울린 전화벨
어머니의 울먹이는 목소리
아버지는 이미 이승의 플랫폼을 떠나셨던 것

그러나 이제
내게 손녀 손자가 찾아와 안긴다
이때 얼핏 모습을 드러내는 건
현재의 내가 아닌 과거의 아버지

오늘도 미래를 등지고 서서
뒷걸음으로 걷는다
등 뒤에 무엇이 있는지는
과거가 다 말해준다

과거는 미래지향적이다

이바지

둘째삼촌 장가드신 날
숙모님이 보내신 이바지 안에
노란색 과일 몇 개

옛다, 이것 먹고 좋은 학교 가그라

밤새 눈이 와 버스도 끊어진 사십 리 길
홀로 걸으며
주머니 속 따뜻해진 과일만 생각했다

생전 처음 보는 기네, 읍내 외할머니
밀감 한 알로 주름진 손이 환해지고
두 개 남은 앞니는 더 환해지고

성큼 자라버린
내 열다섯 되던 해 겨울

태교

어머니는 피난 중에
억불산 소나무 껍질과 쑥으로
석 달 끼니를 때웠다고 한다

나는 태중에서
신화적으로 아주 천천히 자랐을 것이다
불균형한 영양상태를 달디달게 받아들였을 것이다

멀리 또 가까이서 들리던 총소리는
자장가가 되지 못했지만

쓴 것이 몸에 좋다는 어머니의 말씀은
돌아가신 후에도 내게 남아
나는 단 것에 연연하지 않았다

작명

햇님이라 할까
별님이라 할까
아무래도
아직 눈도 못 뜨는 손녀에게
받침 있는 이름은 너무 무겁습니다

아들에게는
장미 울타리도
싸리 울타리도 아닌
돌로 쌓은 담을 둘러주었죠
의미의 망이 든든했습니다

이제는 아들이
밤을 새우고 있습니다 내가 그랬던 것처럼
한자 사전을 뒤적이고
인터넷 작명 무료사이트를 들락이며
작명가에게서 받아온 이름 서넛도
깊이 들여다봅니다

주원이 정원이 채원이
부르기 좋고 뜻도 좋고
허술한 데가 있을지 모를
사주를 도와주어야 한다,
나무를 품어야 한다,
파란색을 띠어야 한다,
다 좋은 말들입니다

정월 바람도 햇살도 거들어
이름이 지어지는 동안
잘 먹고 고이 잘 자는 손녀는
화병에 꽂힌 프리지아의 밝기를
한 옥타브 더 높여 웃습니다

이름은
한마디로 요약된 기도문입니다

물고기 무늬

명절이 다가오면 어머니는 옷감을 몇 마 끊어와
몇 날 몇 밤 재봉틀을 돌렸다

형편이 어려웠던 어느 해
어머니는 옷을 한 벌만 지었다

육 남매에 나는 맏이

달이 높이 떴다 천천히 기우는 추석 전야
동생들은 모두 잠들었는데
나 홀로 깨어 있던 밤

옷걸이에는 물고기 몇 마리 헤엄치는 흰 셔츠가
반으로 접힌 감색 바지 위에
부끄럽게 걸려있었다

미래 시제時制

가운데 있는 멋진 이가 당신이냐고 아내가 묻는다 고개
끄덕여 주고
옆에 앉은 여자가 나야? 나도 괜찮네… 마주 보며 웃어주고
뒤에 서 있는 사람은 누구지, 우리 아들?
그 옆의 며느리와 손자, 딸과 사위 이름을 떠듬거린다
딸 내외가 미소 짓고 있는 옆에
고속연사 촬영을 하며
너스레 떠는 사진사를 보고 활짝 웃던 손녀가 있다
얘 이름이 뭐지? 내가 묻는다 아내가 고개를 갸웃거린다
며칠 전 찾아온 사진 속 모두의 표정이 밝은데
나를 향해 살짝 고개를 기울이고 있는 아내는
순진하다 못해 순수해 보인다
열 명의 가족 이름을 다 외우기 힘들어하는 그녀

기억이 퇴행 타이머를 저속으로 바꿀 수 있을까
서둘러 찍은 사진 속 나의 표정은
혼자 굳어 있지만

그래도 이때가 좋았어
회고의 형태로 보존될
화사한 가족사진 한 장

어른들의 세계

산골마을에 눈이 흐벅지게 내린 날 고라니가 대나무 숲에
서 얼굴을 내민다 이름을 다 부르기도 전 하루가 튀어나
간다 맹수가 달리 없다 목의 털을 곤추세우고 사람의 예
닐곱 걸음을 한달음에 내닫는다 대나무 숲이 끝나는 지점
에서 하루에게 기어코 목을 물린 고라니는 애기 울음소리
를 내고 있었다 장대에 거꾸로 매달려 마을로 내려온 짐
승을 동네 아저씨들이 목을 따서는 사발에 받은 피를 나
누어 마셨다는 소문도 돌았다

어느 날 아버지가 셰퍼드와 진돗개의 교배종인 마루를 데
려왔다 송아지만 했다 마루가 낳은 새끼 한 마리를 영암
고모가 버스에 태워 데려가던 날 십여 리를 쫓아가다 돌
아온 마루는 그날 밤 우연인지 아닌지 새끼 두 마리를 남
겨놓고 쥐약을 먹었다

어미를 잃고서도 무럭무럭 자라
어린 나를 등에 태우고 놀아주던 하루
한 달에 토끼 서너 마리 잡는 건 일도 아니었다

널빤지로 덫을 놓아
참새를 떼로 잡아 구워주고
늙어 죽은 하루를 묻지 않고 탕을 끓여
온 가족을 먹이던
알 수 없는 어른들의 세계

내 나이 열두세 살 무렵

수몰지구

나 살던 집 울타리 위로
붕어와 메기
피라미 떼가 지나가고 있다

앞마당 감나무 위 허공에
물방개와 사마귀가 헤엄친다

할아버지가 사랑방에서 책 읽는 소리
곳간에서 무얼 꺼내고 계신 할머니

옆집 처녀가 동네 총각과 절골에서 연애를 했노라는 소
문도
동네 사냥꾼이 고라닌 줄 알고
어린아이를 쏘았다는 사실도 수몰되고

여름이면 뒷산 소나무 밑에 쌓이던
황새라고 불리던 백로의 흰 똥 무더기

박바가지에 가득한 옥수수와 감자를 먹다가
평상에 누워 보던 은하수에서는
모깃불 타는 냄새가 났다
그 맛과 향기도 수몰되었다

가뭄이 극심했던 어느 해
집터 반쯤 드러나
집 툇마루나 아궁이께를 몰려다니는
물고기 떼가 보이는 것도 같았던

유년이 송두리째 수몰된 유치면 덕산리

전령

아버지 일단 올라오세요
도대체 무슨 일이냐?
동생이 조금 다쳤어요

버스를 네 번 갈아타고
여덟아홉 시간 걸려 부모님이 도착했다

부대 막사에 급조된 어스름이 내리고
영하 십여 도 날씨에
동생은 홑겹 천을 덮어쓰고 철제침상 위에 누워 있었다

동생의 이름을 마저 부르기도 전에 어머니가 허물어지셨고
신음을 삼키느라 아버지는 입술을 깨무셨다

나는 추위에 떨고 있는
형광등 불빛만 바라보았다

내게 다시는 슬픔을 전달하는
이런 역할을 주지 마세요, 하느님
두 번은 감당할 수 없습니다

이팝나무 무성하게 피는
대전현충원에
스무 해 넘게 아우가 잠들어 있다

나무는 그늘을 거느리지 않는다

아버지 자전거를 몰래 끌고 나온 저녁
발이 닿지 않아 연신 넘어지다
보았다 혼쭐나려나 목이 움츠러드는데
먼발치서 뒷짐 진 채
그저 지켜보던 아버지

방과 후 교정에서 친구들과 무심코 방뇨한 일로
어머니가 학교에 불려 갔을 때도
타지에서 입학시험을 치고
어깨가 축 처져 돌아왔을 때도
그저 바라만 보셨다

이십 리 밖 제암산 아랫말에서
어머니와 밀주 누룩을 구해오던 밤
하현달 싸늘하게 중천에 뜨도록
대문 앞에서 기다리시던 아버지

말씀이 없었다고
꾸중도 칭찬도 하지 않은 게 아니라는 걸
자식을 키우면서야 알게 되었다

나무는
그늘을 거느리지 않는다
다만 키울 뿐

오래 기다리느라
어스름처럼 깊어갈 뿐

마지막 제주

중문 앞바다 수평선 위
구름이 긴 띠를 풀어놓고 있다

바다도 긴 띠를 풀었다가 되감는지
밀려왔다 되돌아가는 파도

집에 언제 가?
응, 두 밤 더 자고

집에 언제 가?
으응, 두 밤 더 자고

집에 언제 가?
두 밤 더 자고

비자림도 녹차밭도 분재공원도 부질없이
아이처럼 집을 보채는 아내

어두워가는 해변을
나 홀로 걷는 것 같았다
시간이 긴 띠를 늘어뜨린 채
뒤처지고 있었다

감탄이 사라지고 무의미만 남은 세계
공감능력을 잃어버린 허허벌판을
아내도 홀로 걷고 있는지 모른다

흰 배를 번쩍이며
갈매기가 허공을 여기저기 찔러댄다

물 샐 것 같은 밤이 오고 있었다

4부

함정

입을 가린 채 그곳으로 들어가려 했으나

그 어둠

또 짙은 침묵

무대도 없이 구석에 누군가 앉아있었다

소리 없는 음악

헬스트레이너였다 고개를 무릎에 파묻고

엘이디 두어 개 불빛이 러닝머신 위에 가지런했다

다리에서 뛰어내리기보다는

물속에서 숨을 참는 자세로

내가 뒤돌아 나오는 것도 모른 채

정수리, 어깨, 팔뚝의 실루엣이

어떤 음악을 연주하고 있었다

주말부부

알을 낳고 암컷은 먹이를 찾아 바다로 떠났다
영하 50도, 눈길 400리
뒤뚱거리는 뒷모습을 시계 20미터의 눈발이 지웠다
얘야, 엄마는 펭귄밀크*를 잔뜩 갖고 돌아올 거야
지방을 태워 네 온돌방을 노랗게 지져주마
바람 막아서는 수컷들의 허들링 허들링
모든 펭귄적 기다림은 식지 않는다

고속버스는 사우스조지아섬의 오스터루커리**에 닿는다
신문과 유머집 따위를 빨랫감 가득한 가방에 쑤셔 넣고
머리를 흔들어 소금기를 털면서
나는 버스에서 내렸다
표범해표, 혹등고래의 울음소리는 잠시 잊기로 한다
어린 새끼는 뽀송뽀송 젖살이 올랐을 것이다

펭귄밀크처럼

나는 호두과자를, 아내는 저녁식탁을 차린다

자이언트 패트롤*** 따위는 꺼지라고 해

우리는 공범처럼 마주 보고 웃으며

연인 모드로 전환된다

* 펭귄이 위벽에 저장한 액체 형태의 새끼 먹이
** 남극의 황금펭귄 서식지, 산란을 위해 십만 쌍이 모여든다
*** 남극지방에 사는 매과의 맹금류

사각지대

아레카야자가 얼어 죽었다
아파트 복도
영하와 영상이 몇 차례 뒤척인 뒤였다
현관문 뒤에 가려져 소리 소문 없었다

고지서 속에 묻혀 죽는 생도 있다
도처에 투명인간과 따돌려진 무리가
절벽 끝으로 걸어갈 때
끝내 이유를 물을 수 없었다던 친구의
친구의 딸은 스무 살
24층 옥상에서 뛰어내렸다

어떤 죽음도 풍랑을 일으키지 못한다
희뿌연 하늘에
검은 비닐봉지가 휘날릴 뿐

보트피플이 유령처럼 울부짖으며 바다를 헤맬 때
우리는 서로의 눈에서 전등을 끈다

한국식 나이에 관한 보고서

나이를 두 살이나 속여 형 대접받던 전말이 들통나던 날
그는 소주를 털어 넣으며 음울하게 말했다
늬들 목도리도마뱀이라고 알아?
목주름을 한껏 펼치고 두 발로 서서 위협하는 그놈은 사실
겁이 너무 많았던 거지

좋을 때다, 어른들이 말씀하실 때
아내와 나는 스물넷, 스물아홉
적령기를 목도리처럼 두르고 우린 결혼했다
살다 보니 서양식 셈법으로 아내는 스물둘
애들이 무슨 결혼이야, 할 뻔했던
나이가 벼슬이던 시절에는 흔했던 얘기

건강검진문진표를 쓰는데
만 몇 세, 이래서는 온전한 나를 진술할 수 없다
시간의 불가역성을 거슬러
생일이 지나지 않은 나는 아내처럼

두 살이나 어려진다
몸이 가벼워진다

쉰아홉에 몰려있는 중년들이
이 년 삼 년 안간힘으로 오십 대를 버틸 때
분열의 조짐을 보이던 한국식 나이는 붕괴한다
출생신고가 늦어져 생애 내내 앞줄에 못 서던 축들이
이제는 가끔 밥도 사고 술도 산다

나이가 벼슬이냐?
외환위기 이후, 벼슬이다! 젊을수록 더욱더!

노인들은 죄인이라도 되는 듯
신상 털린 공직자처럼
한국식 나이를 발로 걷어찬다

118

광화문 연가

창밖으로
하필 비에 젖은 새라니!
시선 둘 데가 없다

왕십리를 지나고 종삼을 지나
광화문에서 전철이 멎는다
꾸역꾸역 나는 뱉어진다

이국의 거리
여행에서 돌아온 사람들처럼 번들거리는 빌딩

해고통고를 노예계약해지로 바꿔 읽어도
슬리퍼도 탁상다이어리도
영문을 모른다는 표정이다

서랍에는 칫솔이 퍼트린 소문이 무성했다
인장이 확증하던 나날도 한낱
헛소문이었는지 모른다

벽시계가 고장 한 번 안 나고 돌고 돌았다

파티션도 가리지 못한 것은
나의 뒷모습이었다

감성 충만한 하루

클로즈업

9회 말 투아웃에 타자가 삼진아웃당했다

익숙한 레퍼토리

주심의 스트라이크 선언과 동시에 감독이 등을 돌렸다

더그아웃이 뻥 뚫렸다

코치가 급히 그 뒤를 쫓아간다

감독은 승부가 없는 세상으로 아주 건너가고 싶었을 것이다

정기후원

관상용이니 따지 말고
눈으로만 감상해 주세요
대추나무의 팻말을 지나
모과나무의 팻말 앞에 선다
생전 처음 읽은 문장처럼
대추만 한 모과가 열렸다

하늘은 매일 새로 짠 직물
새소리에 부쩍 굵어지는 나뭇가지들
햇빛은 장부에 빛의 내역을 적고
망종 무렵 그늘의 속도를 점검해 본다

너덜너덜해진 나의 장부를 들춰본다
물기를 머금고
감자와 오이가 보낸 택배가 도착했다
저온 살균된 우유와 한정판 와인을 문 앞에 내려놓고

슈퍼마켓 배달원이 초인종을 누른다
주말에는 주문제작한 DIY 탁자가 도착할 것이다
가성비가 높을수록 부채가 늘어간다

누구의 죽음도 나를 감소시키듯[*]
후원액수를 늘려달라는 유니세프의 권유를
거절하기 어렵다
누구의 삶도 나를 증가시키니

* 존 던의 시 「누구를 위하여 조종은 울리나」에서

바람은 얽히지 않는 뿌리를 뽑아버린다[*]

링링이 지나간 자리
뿌리째 뽑힌 참나무는
가지가 수척해져서는
족히 열다섯 걸음은 되게 걸어와
정수리를 땅에 뉘었다

떠날 때는 같이 가는 거라며
가까이 체온을 나누던
열댓 그루의 나무들도
제 그림자를 지상에서 지우고 있었다

사라호 때 학교 운동장에 쓰러져 있던
거대한 플라타너스처럼
이들은 또 얼마나 오래
나의 뇌리를 가로지른 채 누워 있으려나

해는 내리쬐고
풍장은 시작되었다
다음 생은 아직 미지다

넘어진 자리가 무덤일 때
조문객의 애도에는
미사여구가 없다

* 문태준 「뿌리」 중에서 "바람은 얽히지 않는 뿌리를 고집스레 뽑아
버린다"를 변용

매혹

조간을 펼치는데 광고지 두 장이 툭 떨어진다
돈을 벌게 해 준다는 게 하나
와서 돈을 쓰라는 게 하나
아침은 건설적인 방향으로 설계되고
전단지는 분리수거되지만
이리저리 블록을 쌓아보던 나는
이래도 저래도 부자가 될 수밖에 없는 운명 같아
오후가 될 때까지 아침이 꺼지지 않고 연장된다

상비약

부부는 가끔 싸워야 합니다
유리가 깨지듯
와르르 쏟아져 내려봐야 합니다

부부는 가끔 미워해야 합니다
등을 돌려 걸어가는 총잡이들처럼
목덜미에 선득선득 소름 돋아봐야 합니다

삼사십 년을 살면서 어느 날을
종이처럼 구겨볼 수도 있습니다
구겨진 종이들로 얇은 책이나마 한 권
만들어야 합니다

한 사람이 먼저 세상을 떴을 때
남은 이가 눈물 독에 빠지지 않도록

금실 좋은 부부에겐 더욱 필요한

깽짱러이[*]

칸차나부리에서 새는
"똑바로!"
외치듯 운다

그러나 공은 새의 주문과 달리
홀의 왼쪽으로 굴러가거나 반대쪽 벙커에 빠지기도 한다
입가에 번진 미소를 미처 숨기지 못한 멤버와
눈이 마주친다

기어코 저곳에
공을 보내고야 말겠다는
손목을 다독이며
무앙신의 석탑을 떠올렸는데

"깽짱러이!"
캐디가 외친다
게임은 다시 반전이 되고

점수는 콰이강의 물결처럼
자주 뒤척인다

한국 골퍼들로부터 우리말을 배웠음직한 새들도
이 가지 저 가지로 뒤척인다

* "잘 맞았습니다"라는 의미의 태국말

구름은 음지식물

땅에 속하는지
허공에 속하는지

땅의 일은 알 듯도 한데
허공으로 소리소문 없이 모여드는
물기의 영유권은 누가 점하나

주인이 있는지 없는지 모를 텃밭이
띄엄띄엄 놓일 때도
고도를 달리해 몇 겹으로 펼쳐질 때도
음지식물은 자라고 있었다

유월 볕을 피해 건물의 그늘로 스며들거나
외출을 포기한 사람들도
가끔은 음지식물이 아닌가

음지식물이 음지식물에게 비를 보낸다
장마가 시작되었다

어떤 조문

부디 안녕히 가십시오
국화 한 송이를 영전에 바치고 머리를 숙였다
방명록 마지막 인사가 대체 이 말밖에 없었나

고등학교를 막 들어갔던 해에 그를 가까이서 본 적이 있다
사인을 받고 싶었으나 그는 몇 겹의 동심원 안에 있었다
다리를 다친 그가 입원한 병원으로 면회를 가기도 했는데
병실에서도 그는 전장에서 작전 지시하는 장군처럼
쉴 틈이 없었다

동해에 던져지기 직전에 살아온 그는
내게 늘 먼발치의 인사였지만
오늘에서야 이렇게 가까이에서 영정사진으로 마주 본다
그런데 고작 안녕히 가시라는 말 한마디였다니

사랑과 미움을 차고 넘치게 받았던
누구보다 강했지만
뜰 앞 잔가지를 치면서도 나무에게 용서를 구하던
오늘 비로소 나를 보고 웃어주는 사람

필생의 적장을 만나러 가는 뒷모습이
세상에서 가장 외로워 보였다고 안타까워하던
부인의 마음을 이제야 알 것만 같은데

부디 그곳에서는 외롭지 않기를 빌겠습니다

반란의 봄

녹두장군의 후예들이 몰려온 걸까
지리산 속 남부군의 일대 반격인가

매화 피고
벚꽃과 산수유 목련화가
시차도 없이 잇달아 피었다

화살나무는 새순을 내밀고
물푸레와 갈참나무 꽃봉오리도
출사표를 만지작거린다

패딩의 중년과 반팔 청년이
뒤섞여 지나가는 거리

2023년 봄이 반란 원년을 선포했다

줄지어 선 채 호명을 기다리는

상우

마와르

구출

탈림

볼라벤

종다리

리피

……

최근 그린란드에는

하루 육백 억 톤의 빙하가 녹았다고 한다

반란의 지구

검열

疊疊山中쯤 되는 곳에
누구도 알지 못하게 감추었으나
감쪽같이 사라졌다

어느 영화배우의 치열 고은 미소와
그녀의 환상적인 살사댄스
여자 동창들의 오래전 사진과
여자골퍼의 아찔한 스윙 장면

비밀번호가 노출된 금고처럼
꿰맨 자국도
푼 자국도 없이

딸이 내 핸드폰을 만지더니
이렇게 됐다

시스템

방과 후 두서너 군데 학원을 돈 아이와
퇴근하는 엄마의 귀가 시간이
정교하게 맞물릴 때
하루치 교육은 완결된다

무심결에
엘리베이터 층수 버튼에서 모녀의 검지가 만나고
아이와 엄마는 마주 보며 웃는다
엄마가 아이에게 버튼을 양보할 때
하루치 피곤에 온기가 돈다

식탁에 마주 앉아
오늘 어떤 일이 재미있었어?
엄마가 묻고 아이가 조잘대기 시작할 때
하루치 시스템이 비로소 해제된다

다탁茶卓

한 그루 나무가
수천수만의 잎 위에
마지막 한 잎을 마저 떨구듯
친구는
태재 너머 공원묘지에
지상의 날들을 마저 떨구어
새 둥지를 틀었다

매일 나를 찾아오던 발걸음이 멈춘 이곳에
아예 다탁을 차려 놓았다
떡과 술은 그가 즐기던 음식이 아니었지만
그 좋아하던 담배조차 차마 주고 싶지는 않은데

풀벌레와 산새가
함께 놀아주는 세계
내가 번역 못 하는 말들을 모았다가
다시 올 때마다 전해주려는지

친구여!
그 대가로 열이면 열
점심은 내가 사겠네!

넋두리로 생각하지 않는다는 듯
그는 봉분 위로 흙 한 톨 흘리지 않았다

파종

뜰 안 감나무
싸리 울타리께 피어난
하얀 도라지꽃 한 송이

낡지도 않고 풍경 한 점
마음에 걸려있다
어린 마음이 손에 연필을 쥐어주고
뭔가를 끄적거리게 하고
부끄러움을 감추느라
어느 시인이 쓴 건데 한 번 읽어 봐
친구에게 둘러대게 하던

단 한 송이

내게 파종되어 뜰 밖인지
묵정밭 어귀인지
어느새 군락을 이루었는지

도라지 향 풍기는 밤이 온다
아직도 다 쓰지 못한 시가
나를 부르는

해설

해설

불꽃 한 그루라는 조탁

이영숙(시인·문학평론가)

프롤로그

첫 시집은 각별하다. 두 번째 시집이 첫 시집의 전통을 그대로 이어받기도 하지만 변주되거나 확장되고 심지어 전복이 이루어지기도 하는 것은 시에도 의도적이건 비의도적이든 간에 아무튼 사회화 과정이 끼어들기 때문이다. 그러나 으레 그렇듯 첫 시집은 시인이 통과해 온 삶의 궤적과 사유가 비교적 원본의 형태로 잘 보존된 시공간이다. 기억이라는 저장고에서 끄집어낸 훼손되기 이전의 자연과 풍속, 아직 개념화되지 않은 날것으로서의 일상, 신화적 아우라를 공유하던 사물과 인물 등이 그것이다. 마치 근대화되기 이전의 농촌사회 같은 정신 지대가 첫 시집을 가득 메우는 것이다. 그리하여 도시에서 나고 자란 이들과 달리 농촌에서 성장기를 보낸 시인의 경우, 시적 형상화 능력이라는 필요조건과는 별개로 충분조건을 미리 확보할 수 있게 된다. 이는 출발부터 가산점을 얻고 들어가는 일종의 신분적 특혜가 아닐 수 없다. 문경재 시인은 『느티나무의 문법』에서 자신의 프레미엄을 십분 활용하여 식물적 소재가 충만한 첫 시집을 꾸려냈다. 표제작의 느티나무를 비롯하여 단풍나무, 배롱나무, 이팝나무, 화살나무, 대추나무, 모과나무, 진달래, 겹동백, 유자나무, 벚나무, 감나무, 소나무, 참나무, 싸리, 산수유, 목련, 장미, 물푸레 들과 다알리아, 산국화, 상록패랭이, 에델바이스, 리틀마리, 호접란, 금강제비꽃, 봉숭아, 도라지 들, 그리고 고추, 상추, 감자, 오이 들어 그것이다. 시인의 세계 인식의 출발점이 식물이라는 점은 우연이 아니다. 심지어 시인의 "불꽃"은 가슴에서 타오르는 게 아니라 "정원에" 심긴다.

　생을 다 담기에 시는 너무 광활하고
　시를 다 담기에 생은 너무 협소하다

　어느 날 나는 정원에 불꽃을 심기로 했다

한 그루 한 그루 늘어갔다

불꽃이 아니었으면
시도 생도 쓸쓸했을 것이다

—「시인의 말」 전문

대체로 생에 대한 관점, 시에 대한 태도를 응축한 것이
시집의 입구에 놓인 「시인의 말」이고 보면, 이 글의 무
게 중심은 생과 시를 생동케 하는 "불꽃"에 있다. "한 송
이의 불꽃으로 태어나/ 꺼져가는 호접란에 불을 붙
이"(「생의 이면」)는 시가 생보다 더 "광활"하다는 건 시
인의 겸손이자 시에 대한 헌사이며, 한편으론 생의 진실
이다. 어쩌면 시인은 '광활한 시'로 나아가기 위해 '협소
한 생'에 '불꽃의 정원'을 가꾸는지도 모른다. 그곳은
"불꽃이 아니었으면/ 시도 생도 쓸쓸했을" 삶의 현장이
면서, 생은 유한하고 시는 무한하다는 점에서 유한을 무
한에 잇대는 제례의 장소이기도 하다. 『느티나무의 문
법』은 '불꽃 한 그루'라는 이 신비한 조탁으로부터 시집
의 키워드가 된 식물, 곧 느티나무-배롱나무-단풍나무
를 경유한다.

느티나무

느티나무에서

일월, 생략된다 바람만이 주인이다

이월, 겨우내 첨삭당한 절구節句들이 발밑에서 붐빈다

물기 없는 목소리로 뚝뚝 부러진다

삼월, 멀리서 막 도착한 동사들이 짐을 푼다

사월, 초대장도 없이 꽃샘추위가 다녀간다

껴입었던 비유를 한 겹 벗는다

오월, 이루 셀 수 없는 어휘들이 주어 안에 숨는다

유월, 표정이 만 가지나 되는 술어 위를

벌레들이 기어 다닌다

칠월, 가지를 쭉쭉 뻗던 목적어도

이제 막 임계점에 도달했다

팔월, 은유가 초록으로 깊어지고

구월, 부사는 그늘 뒤로 옮겨 앉는다

시월, 문장력이 절정을 이룬다

비문은 스스로 도드라진다

십일월, 수북이 쌓인 마침표

십이월, 서사가 서정 쪽으로 기운다

주관과 객관이 함께 저문다.

글이 서툴고 생각이 짧은 내가

그를 베껴 쓰기 시작한다

―「느티나무의 문법」 전문

시집은 시의 건축물이다. 바닥을 고르고 기둥을 세우고 문을 내고 쌓은 벽돌 위에 지붕을 얹고 문패를 내거는 공간화 과정이 모두 시로 이루어진다. 문을 열면 가장 먼저 눈에 띄는 자리에 '느티나무'를 배치하고 이를 표제작에 넣어 이중으로 강조한 건축주의 의도는 자명하다. '느티나무'에 '문법'을 아로새긴 것만으로도 알 수 있듯 '느티나무'는 그의 시적 표상인 것이다.

'느티나무'의 열두 달은 인간의 생이나 시의 궤적과 유비 관계다. 말하자면, '느티나무'는 인간, 그리고 시의 생애와 한 묶음으로 간다, 이렇게. 일월, 존재하지만 그 누구도 아직 자신의 주체가 아니다. 이월, 그러나 그들은 오랜 기다림 속에서 자신이 할 수 있는 모든 준비를 마쳤다. 삼월, 심신이 약동하고 사월, 고난이 와도 자아는 싹튼다. 오월, 젊음의 광휘가 주체를 감싼다. 유월, 다채로운 풍요의 제전 속에 칠월, 생장점이 최고의 깊이와 높이에 도달한다. 팔월, 유머와 풍자를 이해할 만해지면 구월, 섭리에 밝아지고 시월, 원숙미는 절정에 달한다. 십일월, 겸허하게 자신을 낮추는 가운데 십이월, 그들은 세계의 진실 쪽으로 더 나아간다. '느티나무의 문법'이 이럴진대, "글이 서툴고 생각이 짧은 내가/ 그를 베껴 쓰기 시작"하는 것은 당연지사다. 이때 베끼기의 대상이 되는 '그'는 모든 시적 모티프와 시적 기미들, 그리고 진실을 향해서 나아가는 삶과 세상의 시들을 포괄한다.

시 쓰는 일을 '느티나무를 베껴' 쓴다고 공손하게 돌려 말하는 시인이 또 다른 시에서 고백하듯, "이사 첫날 잠들 수 없었"던 것은 "산개구리가 밤새 서로를 베끼며 울"(「하루가 시 한 편」)어서였다. 시끄러워서가 아니라 오히려 그들의 시 문답에 귀 기울이느라 그랬을 터. 베낄 것으로 가득 찬 '하루'가 어찌 '시 한 편'만 내어줬으랴.

어느 해 여름, "테렐지"에 다녀오면서 시인은 "나날의 구름을/ 둘둘 말아 캐리어에 가득 담아"온다. 얼마나 소중했는지 자발적으로 "고액의 통관세를 내려했으나/ 수입 제한 품목에는 없는 아이템이라고 했다/ 누구도 알아주지 않는 구름의 완제품"이었던 것이다. 그가 "혼자 보기 아까워/ 여기 구름이 있어요, 알려줘도/ 사람들은 땅만 보고 지나다녔다". 이어지는 시에서 시인은 선언한다.

구름을 가지지 않은 이들이여

하늘을 보지 않는 이들이여

하늘이 없는 줄 아는 이들이여

미안하지만 나는 자주 구름에 거주하는

특권층이올시다

눈만 감으면 매번 다른 구름에

흐드러지게 묻혀 삽니다

—「테렐지 구름」 부분

"구름"을 보유함으로써 "특권층"이 되는 일은 시 세계가
아니고서는 불가능하다. "악보를 볼 줄 모"르는 시인이
"박자의 가시덤불 음정의 칡넝쿨"(「내력」)을 보게 되는 내
력도, "오지의 사투리도 서로 다 알아듣는/ 세계시민권자
들"인 "새들"의 "목청"(「새들의 모국어」)을 듣게 되는 내
력도 다 그가 '특권층'이라는 사실을 입증한다.

그러나 시에 몰두한다고 해서 늘 '하루가 시 한 편'이 되
어주지는 않는다. "가위바위보"를 해서 "이기면 한 계단
씩 오르"는 놀이를 할 때 "동생이 지레 포기할까 부러

져 주기도 하"는 '나'와는 달리 "시는 한 번도 부러 져
주지 않는다/ 따돌리고 달아나고 약 올리기까지 한다/
포기할까 겁도 내지 않는다". 그럼에도 시인은 "끝이 보
이지 않는 계단을 올려다보면서/ 이를 앙다물던 동생처
럼" 외친다. "시야!/ 수가 빤히 읽히는 줄 나도 알고 있
거든/ 그래도 언젠가는 계단 끝까지 오르고야 말 거야!/
그럼 거기서 봐!"(「가위바위보」)라고 투지를 불태운다.
그런데 '계단 끝'은 어디인가. 과연 도달할 수나 있긴 한
건가.

> 어사화는 접시꽃이 모델이었다 과거에 급제하면 나는
> 진달래꽃으로 어사화를 꾸며달라 하겠다 관에 꽂은 어
> 사화를 이도령이 춘향에게 안겨주었는지 모르겠지만 나
> 는 진달래꽃 어사화를 네 두 손에 건네주고 싶다
>   ―「진달래」 부분

설마 '과거 급제'를 시 등단이나 시집 출간 정도로 이해
하는 사람은 없을 것이다. 시를 인격과 지성과 세계관의
총체로 보고 이를 관직 등용 의례로 삼은 선대 제도의
이면에는 관직을 '계단 끝'으로 치부한 전통이 암묵적으
로 자리 잡고 있었는지도 모른다. 그러나 이 시에서 '과
거 급제'는 완료형이 아니라 진행형이며, 여전히 '계단

을 오르는' 중의 어느 한순간, 곧 한 편 한 편의 시적 성취를 의미하는 것으로 읽힌다. 삶의 끝은 죽음으로, 우리는 너나없이 죽음을 향해 가지만 사는 동안은 최선의 노력을 경주한다. 죽음을 삶의 완성으로 보았을 때, 시의 완성으로서 '계단 끝'에 도달했다는 시인을 동서고금을 통해서도 아직 본 일이 없는 것은 그 때문이 아닌가. 따라서 "진달래꽃 어사화"를 받을 "두 손"은 "춘향"에 비견되는 '너'일 수도 있지만, 오히려 '시' 자신에 더 가까워 보인다. 시 쓴 공을 다시 시에 돌리는 문경재의 시적 태도는 '계단 끝'을 매 순간 성취하려는 '올곧은' 행보에 다름 아니다.

배롱나무

시인도 발아한다. 초목처럼 시인도 발아 전에는 씨앗이었다. 한 톨의 잠재태가 현실태가 되는 과정의 초입으로서, 시적 발아는 시에 호감이 생기거나 첫 시를 쓴 순간을 의미하지 않는다. 오히려 시인이라는 자의식이 생기기 이전, 더 나아가 시가 무엇인지조차 몰랐을 시기, 곧 거의 시의 무의식 상태에서 발생한다. 문경재의 경우 그것이

150

'열 살 남짓'의 시기였음을 몇몇 시들이 말해준다.

열두세 살 무렵
천석꾼 제당에서 처음 보았다
내 키보다 조금 더 큰 꽃나무
지지 않을 것처럼
오래 피어 있었지만
이름도
홍자색이 뭔지도 몰랐던
그 환한 언저리
가까이 가지 못하고
멀리서만 바라보았다

아, 이게 배롱나무였어?
새로 입주한 아파트 꽃나무 몇 그루에
팻말이 붙어 있다

아, 이게 배롱나무였어!
단단하면서도 매끈한
다듬잇방망이에
살 오르고 잎 돋은 듯

사색적이지만 회의적이지는 않다

비틀며 줄기에 더딘 속도를 밀고 나가는

빈한한 집안에서 올곧게 자란 소년들이

활짝 피어 있었다

　　　　　　　　　　　　　　　—「명화」전문

세계가 손바닥만 하던 소년 시절, "천석꾼 제당에서 처음
보았"던 "꽃나무"가 외경스러워 "그 환한 언저리/ 가까이
가지 못하고/ 멀리서만 바라보"던 소년의 쿵쾅대는 심장
박동 소리가 들리는 듯하다. "열두세 살 무렵", 바로 이때
가 아니었을까. 시가 발아한 순간이. '제당 앞 꽃나무'가
일순간 '명화'로 각인된 순간이. 아직 어린 "꽃나무"("내
키보다 조금 더 큰 꽃나무")가 "오래 피어 있"는 동안 소
년도 내내 함께 피어 있었을 것이다. 남쪽에서만 자라고,
당시만 해도 희귀목이었던 그 "꽃나무"가 기후 변화와 함
께 북상해서 이제 중부지역의 공원이나 아파트 단지에서
자주 볼 수 있게 되는 동안 소년도 자라 어느덧 중장년이
되었다. "아, 이게 배롱나무였어?" 이름을 처음 알게 된
놀라움이 "아, 이게 배롱나무였어!" 감탄으로 바뀌면서
소환된 건 소년이 처음 맞닥뜨렸던 '명화', 그 선명한 화
폭이었으리라.

기억이나 하는지 몰라 어느 날 내 스케치북 한 장을 찢
어내 크레파스로 수북수북 그려준 다알리아를, 학교에
가져가 뽐냈던 열한 살배기 담 아랫집 아이를

선배님, 올해도 소리 없이 다녀가셨군요

몇십 년이 흘러도 지지 않는 다알리아를 또 불러오다가
문득

포털에서 선배 이름을 검색해 보았다 나보다 예닐곱 많
던, 고교 시절 독일에서 입상했었다는 풍문의 문재권
화백

—「4월의 화가」 부분

혹은 "열한 살배기", 이때가 아닐까. "나보다 예닐곱 많"
은 '담 윗집 형'이 "내 스케치북 한 장을 찢어내 크레파스
로 수북수북 그"린 "다알리아"를 건넸을 때. "몇십 년이
흘러도 지지 않는 다알리아" 역시 뇌리에 새겨진 '명화'임
에 틀림없다. 시인이 시시각각 채색이 짙어지는 '집 앞동
산'의 4월 풍경을 "문재권 화백"의 작품이라고 확신하는
것도 "열한 살배기"의 순정이 평생을 동행한 결과라고 할

수 있다. '배롱나무'에서 '다알리아'로, 혹은 '다알리아'에
서 '배롱나무'로 오가는 시점 어디에서 시의 호흡은 시작
되었을 것이다. 물기와 온기와 햇볕이 씨앗에 입김을 불
어넣듯, 어쩌면 '도라지꽃 한 송이'도 시의 발아에 관여하
지 않았을까.

뜰 안 감나무
싸리 울타리께 피어난
하얀 도라지꽃 한 송이

낡지도 않고 풍경 한 점
마음에 걸려있다
어린 마음이 손에 연필을 쥐어주고
뭔가를 끄적거리게 하고
부끄러움을 감추느라
어느 시인이 쓴 건데 한 번 읽어 봐
친구에게 둘러대게 하던

—「파종」부분

낭만파 시인인 셸리는 『속박에서 풀려난 프로메테우스』
에서 "오랑캐꽃의 우아한 눈이 그녀가 바라보고 있는 것
의 색깔에 자신의 색깔이 닮게 될 때까지 푸른 하늘을 바

라보고 있다."라고 했다. 우리가 대상을 볼 때 대상도 우리를 보는데, 우리가 대상의 본질에 도달할 때까지 대상도 집중한다는 점에서 「파종」의 시적 주체는 "도라지꽃"이다. 이 시는 시종 피동형 문장에 주의해야 하는데, 어디 도라지밭이나 길가가 아니라 외따로 "뜰 안 감나무/ 싸리 울타리께 피어난/ 하얀 도라지꽃 한 송이"는 "어린 마음"으로 하여금 시라고도 할 수 없는 "뭔가를 끄적거리게" 했다. '마음'이 '몸'을 부리던 그 강렬한 장면은 "낡지도 않고 풍경 한 점/ 마음에 걸려" 문경재를 시인으로 이끌어 내고야 만다.

단풍나무

문경재는 식물성이다. 시집 속의 그 많은 식물이 대부분 그의 내면에 '파종'되었으며, 삶의 색깔과 결에 영향을 미치면서 가지를 뻗어나갔다. "사색적이지만 회의적이지는 않다/ 비틀며 줄기에 더딘 속도를 밀고 나가는/ 빈한한 집안에서 올곧게 자란 소년들"(「명화」) 역시 "널빤지로 덫을 놓아/ 참새를 떼로 잡아 구워주던/ 늙어 죽은 하루를 묻지 않고 탕을 끓여/ 온 가족을 먹이던/ 알 수 없는 어른들의 세계"(「어른들의 세계」)에 진입한다. "호젓한 산등성

155

이 참나무 높은 지경"에 "신혼집"(「새집」)을 짓기도 하고, 해외 골프 투어도 나가지만(「깽짱러이」), 이승을 먼저 하직한 동생 소식을 부모님께 전하며 "하느님/ 두 번은 감당할 수 없습니다" 절규하고(「전령」), 부모님이 돌아가신 후 비어 있는 고향 집을 팔아 "몇 푼씩을 나눠 갖고" 형제들이 "고향에서 덤이 되"(「덤의 방정식」)거나, 그 고향마저 수몰되며(「수몰지구」), "매일 나를 찾아오던" 친구의 죽음을 맞는 날도 온다(「다탁」). '어른들의 세계'는 동물성이 지배하는 치열한 생존 현장이면서 한편으로 소중한 것들의 끊임없는 상실 현장이기도 하다. 식물성이 살아가기에 적절한 공간이 아닐 수 있는 것이다.

상고머리를 돌리며 농악대가 판을 벌였다
꽹과리와 장고를 묶음에 놓고
셔터를 열어놓고 찍은 별자리 사진처럼
수십 겹의 원무가 펼쳐진다
자정이 다 된 허공이 붐빈다

초승달이 가로등을 밟고 지나갈 때
곁에 있는 단풍잎이 반짝인다
수건을 꺼내 땀을 닦을 기미가 없어
이파리들이 대신 땀을 흘린다는 듯

나방과 하루살이가 교대 출연하는지
바통은 어떻게 주고받는지
알 수는 없는

날개 없는 관객 하나 창가에 서 있다
흐벅지게 한 번 놀아보지도 못한 생
산야를 뒤덮던 눈발처럼
춤에 지쳐 한 번 쓰러져보지도 못한 채

잠이 오지 않는 밤
모처럼 벽시계를 흘끔거리지 않는 시간도
묵음으로 흘러가고 있었다
                    —「날개 없는 관객 하나」 전문

두 세계가 있다. '가로등 밑에서 날개 있는 나방과 하루살
이가 수십 겹의 원무를 펼치는' 동물성의 세계가 그 하나
이고, '자정이 다 된 시각에 잠이 오지 않아 창가에 서 있
는 날개 없는 관객'이라는 식물성의 세계가 또 하나다. 두
세계는 "창"을 하나 사이에 두고 공연자와 관객으로 분리
되어 있다. 이때 "상고머리를 돌리며 농악대가 판을 벌"
이는 듯한 "허공"의 지치지 않는 "춤"은 상대적으로 "흐벅

지게 한 번 놀아보지도 못한 생/ 산야를 뒤덮던 눈발처럼/ 춤에 지쳐 한 번 쓰러져보지도 못한" 생을 되짚어보게 한다. 전자가 떠돌이도 불사하는 모험과 역동을 지향한다면, 후자는 붙박이로서 평화와 고독을 지향한다. 주목할 것은 '수건을 꺼내 땀을 닦을 기미가 없어 보이는 공연자들을 위해 대신 땀을 흘린다는 듯' "가로등" 밑에서 "잎이 반짝"이는 '단풍나무'다.

식물성이 가장 잘 드러난 이 시에서 '단풍나무'는 시인의 자아이자 삶의 기본 태도를 보여주는 상관물이다. 느림과 고요가 순리인 세계에서 "기억이 퇴행"하고 있는 "아내"(「미래 시제時制」)가 "아이처럼 집을 보채"며 "집에 언제 가?"를 몇 번이나 묻고 또 물어도 "응, 두 밤 더 자고"라고 한결같은 톤으로 대답하는 시인은 이어지는 대목에서 "아내"에 대한 이해를 다음과 같이 승화시킨다.

비자림도 녹차밭도 분재공원도 부질없이
아이처럼 집을 보채는 아내

어두워가는 해변을
나 홀로 걷는 것 같았다
시간이 긴 띠를 늘어뜨린 채

뒤처지고 있었다

감탄이 사라지고 무의미만 남은 세계
공감능력을 잃어버린 허허벌판을
아내도 홀로 걷고 있는지 모른다

흰 배를 번쩍이며
갈매기가 허공을 여기저기 찔러댄다

물 샐 것 같은 밤이 오고 있었다

—「마지막 제주」 부분

슬프고도 아름다운 이 시는 현실을 부정하지도, 원망하지
도 않는다. 부부가 함께 있으면서도 홀로 있는 것 같은 이
고독을 "갈매기"로 치환하고, 다만 "물 샐 것 같은 밤"에
'비 올 것 같은 밤'과 '울고 싶은 밤'을 조용히 포개 넣었
을 뿐이다. 이 바다를 다시 찾는 일이 "아내"에게 아무 위
로도 기쁨도 되지 않는다는 사실을 시인은 감정의 동요
없이 「마지막 제주」라는 제목 안에 담는다. 그러나 "웃자
하면 웃어지나/ 울자 해도 울어지지 않는 것처럼// 반나
절이 지나도/ 오후가 다 가도 웃을 일이 없"(「혼자 웃는
웃음」)는 일상이나, 나무를 열고 들어가 실종을 꿈꾸는

"꿈속의 꿈"(「플랫폼에서」)에서조차 죽음의 이미지를 띠지 않는 것은 시인은 식물성의 생애를 살아야 하기 때문이다. "잘 먹고 고이 잘 자는 손녀는/ 화병에 꽂힌 프리지아의 밝기를/ 한 옥타브 더 높여 웃"(「작명」)는데, "이제/ 내게 손녀 손자가 찾아와 안긴다/ 이때 얼핏 모습을 드러내는 건/ 현재의 내가 아닌 과거의 아버지"(「과거는 미래 지향적이다」)라고 했을 때, 아버지이기도 한 '나'는 아버지의 '계단 끝'이고, 다시 손녀 손자는 나의 '계단 끝'이 되면서 '나'는 현재를 성취하는 존재가 된다. '나'는 심어야 할 불꽃이 아직 많이 남았다.

에필로그

글이 서툴고 생각이 짧은 내가
그를 베껴 쓰기 시작한다
　　　　　　　　　　　　　　—「느티나무의 문법」 부분

단 한 송이

내게 파종되어 뜰 밖인지
묵정밭 어귀인지

160

어느새 군락을 이루었는지

도라지 향 풍기는 밤이 온다
아직도 다 쓰지 못한 시가
나를 부르는

—「파종」 부분

시집을 열고, 시집을 닫는 두 편의 시 사이에는 불꽃 정원
이 있다. 그 한쪽 어디에 "단 한 송이" 피었던 '도라지꽃'
에서 "내게 파종"된 그것이 "어느새 군락을 이루었는지/
도라지 향 풍기는 밤이 온다". 시인은 말한다. "아직도 다
쓰지 못한 시가/ 나를 부르"고 있다고. 자신이 얼마나 더
좋은 시를, 얼마나 더 많이 쓰게 될지 정작 그 자신도 모
른다. 시인에게는 축복이다. ■